にんじんごはん

旗ひさし
Hisashi Hata

お母さんに読んでほしい童話

風媒社

にんじんごはん

お母さんに読んでほしい童話

目次

おやこだもン

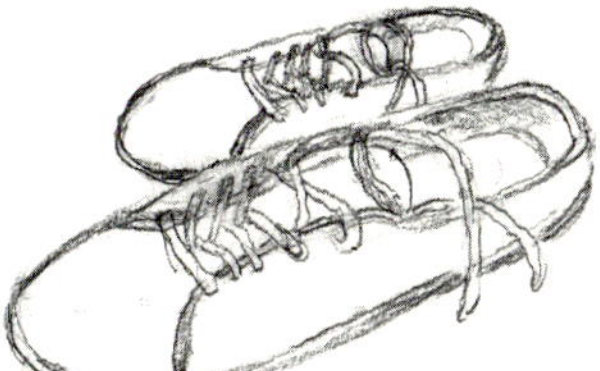

マミはとても可愛《かわい》い子でした。近所《きんじょ》の大人《おとな》たちは、マミを見る度《たび》に言うのです。

「マミちゃんは、本当に可愛い顔《かお》をしてるわね。大人になったら、すごい美人《びじん》になるわ」

そう言われたら、多分《たぶん》たいていの女の子は、嬉《うれ》しくなって、そっと鏡《かがみ》を見たりするでしょうね。ところが、マミは、大人たちから可愛いとか、美人とか言われる度に、不愉快《ふゆかい》になるのです。というのは、大人たちは可愛いとか美人になるとか言った後で、誰《だれ》もが必《かなら》ず言うからです。

「マミちゃんは、誰に似《に》たのかしら？　お父さんには全然《ぜんぜん》似ていないし、お母さんにも、似てるとは言えないし……」

するど、別の大人が取りなすように言うのです。

「いいえ、マミちゃんは、お母さんとお父さんの、いいところだけをもらったんですよ。でも、どことどこかしら？」

マミは、心ない大人たちから顔のことを言われる度に、とんで帰って、お母さんの三面鏡《さんめんきょう》をじっと見つめるのでした。

「ほんとだ。お母さんにもお父さんにも、ちっとも似てない！」

そして、まるで嫌《いや》なものを見たように、三面鏡を、パタンと乱暴《らんぼう》にしめるのでした。

「マミちゃんは、お母さんに似たのね」

そう言われたら、どんなに嬉しいだろう。乱暴にしめた三面鏡の前に、ぺたんとすわって、マミはいつも思うのです。

「マミちゃんは、どちらかというと、お父さん似ね」

そう言われても、マミはやっぱり嬉しいのです。それなのに、マミの気持《きも》ちが分からない大人たちは、しつこく言うのです。

「マミちゃんは、お母さんやお父さんには似てないが、お婆《ばあ》ちゃんに似たのかもしれないわね。もっとも、私はマミちゃんのお婆ちゃんを知らないけど」

そう言われて、マミはすぐに古いアルバムを持ち出して、調《しら》べました。お母さんの方のお爺《じい》ちゃん、お婆ちゃん。お父さんの方のお婆ちゃん、お爺ちゃん。穴《あな》のあくほど見つめましたが、みんなマミには似ていません。マミはすっかり憂鬱《ゆううつ》になって泣きたい気持ちになっていました。

「オッス！マミちゃん、元気かい」

お母さんの弟のタカシが遊びに来たのは、ちょうどそんな時でした。

タカシは、冗談《じょうだん》を言っては、いつもみんなを笑わせる陽気《ようき》な大学生で、マミの大好きな叔父《おじ》さんでした。

「あれっ、マミちゃん、今日は何だか元気がないな」

大好きなタカシに聞かれると、マミは、どんなに内緒《ないしょ》にしていることでも話してしまいたくなるのです。

「わたしは、どうしてお母さんにも、お父さんにも似てないの？」

思いがけないことを急《きゅう》に聞かれて、タカシはびっくりして、まじまじとマミの顔を見つめました。

「うーん。そういえば、あんまり似てないな。お母さんにも、お父さんにも」

「でしょう！　ねえ、どうして？　どうして？」

マミが、自分の顔のことで、どんなに悩《なや》んでいるのか、まるで知らなかったタカシは、つい、とんでもない冗談を言ってしまいました。

「そりゃそうだよ。マミちゃんは、赤《あか》ん坊《ぼう》の時、橋《はし》の下で泣いてるのを、お父さんが拾《ひろ》って来たんだもの」

タカシが笑いながら話した途端《とたん》に、マミの顔が、さっと青ざめました。

それを見たタカシの顔も青ざめました。自分の言った冗談が、どんなに悪い冗談だったかに気がついたのです。

「うそだよ！うそ！　冗談だよ。橋の下で拾ったなんて、でたらめの嘘《うそ》だよ！　ごめん、ごめん」

「タカシ叔父さんなんか大嫌《だいきら》い！」

マミは、洗面所《せんめんじょ》に駆《か》け込み、鍵《かぎ》をかけると、鏡に映《うつ》った顔を、くいいるように見つめました。

「似てない！　お母さんにもお父さんにも、私はちっとも似てない！」

　それから何日か経《た》った日の夜です。マミが、ぐっすり眠ったのを見届《みとど》けてから、お母さんがお父さんに向かって、心配そうに言いました。

「マミが、この頃、何だか変なんですよ」

「どんな風に変なの？」

「ひどく甘《あま》えるんですよ。まるで赤ちゃんのように。抱《だ》っこして、なんて言うの。それから、しつこく聞くのよ。お母さんは、わたしのこと好き？って」

「ふうん。それで、僕のことは、どう思ってるの？」

「今のところは、甘えるのは私にだけだけど」

「ふうん……」

　その時のお父さんの顔は、何故《なぜ》か、ひどく淋《さび》しそうでした。

　そして、その翌日《よくじつ》のことです。マミの学校の図工《ずこう》の時間の題《だい》は、「お母さん」でした。みんなが、描いている絵《え》を見ながら、マミの所まで来た先生は、マミの描《か》いた絵を見て、思わず、「あらっ？」と声をあげました。

マミの絵は、とても上手《じょうず》に描けていました。でも、それは、お母さんの顔ではなくて、マミ自身《じしん》の顔だったのです。

「あら、マミちゃんは、お母さんの顔じゃなくて、自分の顔を描いたのね」

すると、マミは、はげしく首を振《ふ》って言ったのです。

「お母さんの顔を描いたんです。私のお母さんは、わたしといっしょの顔をしているんです」

「そうなの。そっくりなのね」

先生は、それ以上は、何も言いませんでしたが、でも、一度《いちど》マミのお母さんに会って、マミがどうしてこんな絵を描くのか、ぜひ聞かなければと思いました。でも、先生の心配《しんぱい》は、必要《ひつよう》ではなくなったのです。

その夜、お母さんと、お風呂《ふろ》に入ったマミは、赤ちゃんのように甘えました。いつもは自分で洗《あら》う身体を、お母さんに、洗ってと言うのです。

「マミちゃんは、いつの間に、赤ちゃんになってしまったの?」

でも、お母さんは、優《やさ》しくマミを洗ってやりました。そして、足の先を洗い始めたお母さんの手が急にとまりました。

「マミちゃん、見てごらん! ほら、お母さんの足の指《ゆび》を。ねっ。中《なか》指《ゆび》より薬指《くすりゆび》の方が長いでしょ。見て見て! マミちゃんの指も、おんなじよ。ほら、お母さんとそっくり!」

石鹸《せっけん》の泡《あわ》を、お湯《ゆ》で、ざーっと流すと、そっくりの形をしたお母さんとマミの足が、きれいになって、なかよく並《なら》んでいました。二人は、そっくりの足を、いつまでも眺《なが》めていたい気持ちでした。

「親子って、変な所で似るものね。お母さんは嬉《うれ》しいけど、マミちゃんはどう？　嬉しい？　それとも嫌《いや》？」

お母さんとそっくりの足を眺めながら、こみ上げてくる嬉し涙《なみだ》を、やっとこらえていたマミは、嬉しい！と言う代わりに、ざぶんとお風呂にとび込んで、あふれる涙の顔を、ざぶざぶ洗うのでした。

「行ってきまーす」

その翌朝《よくあさ》、いつもより早く学校に出かけて行くマミを見送りながら、お父さんが首をかしげました。

「赤ちゃんがえりをしたかと思うと、また、急に元気になって、わけが分からんな、マミの年頃《としごろ》は」

すると、自信たっぷりにお母さんが言いました。

「それだったら、きっと今夜分かりますよ。マミをお風呂に入れてやって、背中《せなか》を流《なが》しっこしたら」

「背中の流しっこ？　そう言えば、もうずいぶんお風呂に入れてやらなかったな」

その晩《ばん》、お風呂に入るとすぐに、お父さんは、マミに背中を向けました。

「マミちゃん、お父さんの背中洗って」

「うん」

マミは、お父さんの背中を洗いながら、広い背中に黒い星のように黒子《ほくろ》があるのを見つけて声に出して数えました。

「お星さんが、一つ、二つ、三つ。三つもあるわよ、お父さん」

お父さんは、振り返って、マミに言いました。

「向こうをむいてごらん。お父さんも、マミのを数えるから」

そう言うと、お父さんは、マミが数えた数だけ、マミの背中を指で押《お》しました。マミが押したのと同じ所です。

「可愛い、ちっちゃな星が、一つ、二つ、三つ。やっぱり三つあるよ」

「私にも、お父さんとおんなじ所に、黒子があるの？」

「嬉しい？」

「嬉しい！　でも、もう泣かないよ。お母さんのとき、うんと泣いたから」

何日か経《た》って、タカシが、そっと訪《たず》ねて来ました。とっても心配そうな顔です。マミは、人差《ひとさ》し指《ゆび》と、親指《おやゆび》で、丸い輪《わ》を作りました。

「タカシ叔父さん、ＯＫ！」

くまの子・太郎

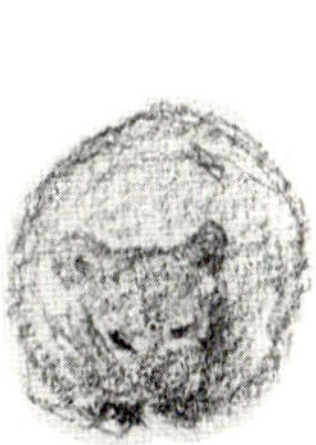

「熊《くま》がでたぞーっ！」

村人たちの叫《さけ》び声に、ヨシオのお父さんは、猟銃《りょうじゅう》を手にして、熊が出たという山道《やまみち》に駆《か》けつけました。その頃、熊に襲《おそ》われて、怪我《けが》をした人や農作物《のうさくぶつ》を荒《あ》らされるという事件《じけん》が、方々《ほうぼう》で起《お》きていたのです。ヨシオのお父さんは、猟銃を持つことを許《ゆる》された、村でただ一人のハンターでした。

「この山道の奥《おく》だ。すごくでっかい奴《やつ》だから気をつけてくれ」

「分かった」

ヨシオのお父さんは、用心深《ようじんぶか》く山道を登《のぼ》って行きました。そして、山道の曲《ま》がり角《かど》に来た時です。突然、目の前に、大熊《おおくま》が現れました。そして、とっさに追い払《はら》うつもりで撃《う》った銃弾《じゅうだん》は、大熊の心臓《しんぞう》をつらぬいてしまいました。

「しまった。殺《ころ》すつもりじゃなかったのに」

そうつぶやきながら、ヨシオのお父さんが大熊に近づいた時、クウーンと鳴《な》く声が聞こえてきました。

「ん？ 今の声は？」

やはり、子熊の声だったのです。まだ生まれて間もなくて、眼《め》もまだよく見えないらしい小さな子熊が、乳《ちち》を吸《す》おうと、鳴きながら死んだ母熊のお腹《なか》に口を押《お》しつけているのです。それを見て、ヨシオのお父さんは、子熊の前に膝《ひざ》をついて言いました。

「すまん。ゆるしてくれ」

そして、小さな子熊を抱《だ》きしめました。

それ以来《いらい》、ヨシオのお父さんは、二度と猟銃を持とうとしませんでした。そして、家に連《つ》れてきた子熊を、まるで人間の赤ちゃんを育《そだ》てるように、大事に育てました。

ミルクを飲ませ、木の実を食べさせ、風邪《かぜ》をひかないように、小さなちゃんちゃんこを着せてやりました。

やがて、子熊の眼がすっかり見えるようになると、子熊はいつも一緒《いっしょ》にいて、遊《あそ》んでくれるヨシオを母親のように思うのでしょうか、すっかり、ヨシオになつき、まるで母親に甘《あま》えるように、寝転《ねころ》んで、お腹を広げるのです。

「こちょこちょこちょ」

ヨシオがふざけてくすぐると、子熊はクウンクウンと嬉《うれ》しそうに鳴くのでした。ヨシオのお父さんは、子熊の世話をすっかりヨシオに任《まか》せました。子熊は、太郎と名づけられ、食べる時も、寝る時も、ヨシオといつも一緒でした。

「人間と熊がこんなに仲良《なかよ》くなれるとはねえ。長生《ながい》きしてよかったよ」

無邪気《むじゃき》に遊ぶ太郎とヨシオを眺《なが》めて涙《なみだ》ぐむお年寄《としよ》りもいました。

やがて、太郎とヨシオのことは評判《ひょうばん》になり、新聞やテレビの紹介《しょうかい》で、日本中の人が知るようになりました。

「熊が村を荒らすのは、山に熊の食べ物がないせいだ。だから、山奥の熊に食べ物をやればいいのだ」

「そうだ。どんぐりやとちの実を熊の住む山奥に運《はこ》んでやろう」

テレビやラジオや新聞に寄せられる声に応《おう》じて、各地から、どんぐりやとちの実がびっくりするほどたくさん送られてきました。そして、集められたどんぐりやとちの実は、ヘリコプターによって、熊の住む山奥に次々に運ばれました。

一方、太郎は、ぐんぐん育ち、体重もヨシオの倍以上になりましたが、それでもやっぱりクウンクウンと甘え、すぐにごろんと仰向《あおむ》けになって、お腹を出すのです。

村の人たちは、そんな光景を眺めて、誰もが優しい気持ちになるのでした。

「わしも是非《ぜひ》見たい」

今まで、一歩も外に出ようとしなかった老人が杖《つえ》にすがって、太郎とヨシオを見に来ました。無邪気に遊ぶ、太郎とヨシオを眺めた老人は、まるで拝《おが》むように両手を合わせました。

「長生きさせていただいたおかげじゃ」

でも、太郎とヨシオの、楽しい日々は、やがて、辛《つら》い悲《かな》しい日を迎《むか》えることになりました。

というのは、法律《ほうりつ》によって、大きくなった熊は、頑丈《がんじょう》な檻《おり》に入れて、飼《か》わなければならないことになっているのです。

「太郎を鉄の檻に入れるなんて、僕には絶対にできない。太郎をそんなひどい目にあわせるなんて……」

ヨシオは、泣きながらお父さんに訴《うった》えました。

「私にもそんなことはできない。太郎の住む所は、せまい檻の中じゃなくて、自由に走り回れる、緑でいっぱいの山の奥なんだ。なあ、ヨシオ、本当に太郎が可愛かったら、辛いだろうが、太郎を山の奥で暮らすようにしてやろう。それが、太郎を幸せにすることなんだよ」

ヨシオは、涙をこぼしながら、でも、強く頷《うなず》きました。

翌日、ヨシオとお父さんは、太郎を連れて、山道を山の奥深くに登って行きました。何も知らない太郎は、二人の前になり、後になりして、嬉《うれ》しそうについて行きました。ヨシオと一緒だというだけで、太郎は幸せいっぱいだったのです。

山の奥深くに着くと、ヨシオとお父さんは、持ってきたどんぐりやとちの実を、どっさり太郎の前に置きました。

「さあ、太郎おあがり」

でも、太郎は、なぜか食べようとしませんでした。そして、涙をいっぱい浮《う》かべているヨシオを不安《ふあん》そうに見つめました。その太郎に向かって、ヨシオのお父さんが涙ぐみながら、でも厳《きび》しい声で言いました。

「お前の住む所は、この山奥なんだ。もう決して村に来るんじゃないぞ。分かったな太郎！」

ヨシオが、涙を流しながら、山奥を指さしました。

「あっちへ行くんだ。太郎」

太郎は、いつもとまるで違うヨシオとお父さんの態度《たいど》に、おびえたように、うずくまりました。

「さあ、帰ろう」

お父さんは、ヨシオをうながすと、逃げるように山道をかけおりました。太郎は、悲《かな》しく鳴《な》きながら、ヨシオとお父さんの姿が見えなくなるまで立ちつくしていました。

そして、何年かが経《た》ちました。どんぐりやとちの実をまく運動は、その後も、しばしば行われ、そのせいで、村が熊に荒らされることはまったくなくなり、山菜《さんさい》とりや茸《きのこ》とりも安心して出来るようになりました。

そして、たくましい少年になったヨシオも、独《ひと》りで茸とりに行けるようになっていました。ちょうどその年は、茸が大豊作《だいほうさく》で、いろいろな茸が面白いようにとれました。ヨシオは、夢中《むちゅう》になってとり続け、今まで入ったこともない山奥まで入り込んでしまいました。そして、気が付いた時は、もう夕方近くでした。

「しまった。道が分からなくなってしまった」

なにしろ山の奥のことです。夜になれば、寒さのために凍《こご》え死ぬのは確実《かくじつ》です。ヨシオは必死《ひっし》で山道を探して歩きまわりました。そして、突然、

「あーっ！」

石につまづいたヨシオは運悪く谷川に滑《すべ》り落ちてしまったのです。

「うーっ、痛い！」

足をくじいたヨシオは、一歩も歩けなくなってしまいました。谷川に

は、熊の大好物の沢蟹《さわがに》がたくさんいます。こんな所にいたら、餌場《えさば》を横取《よこど》りに来た敵《てき》と思って熊が襲いかかってくるに違いありません。そして、ヨシオの心配は的中《てきちゅう》しました。熊です！　真っ黒な、大きな熊が、沢蟹を食べにやって来たのです。

「もう駄目《だめ》だ」

ヨシオは目をつむって、震《ふる》えていました。近づいた熊の熱い息が顔にかかりました。

「もう、僕は終わりだ」

そう覚悟《かくご》したヨシオの耳に、あのクウンという、なつかしい声が聞こえてきました。そして、また、クウン……。目をあけたヨシオの前に、大きな熊が仰向《あおむ》けに寝転《ねころ》び、お腹を広げて、クウンクウンと鳴いているのです。太郎だったのです。成長した太郎だったのです。ヨシオは、夢中で太郎の大きなお腹に飛び込みました。

「太郎!太郎!」

……夜通し、ヨシオを捜《さが》していた村の人たちが、ヨシオと太郎を発見したのは夜明け頃でした。大きな熊に抱《だ》かれて、眠っているヨシオを見た時、村人たちは、太郎が一晩中、ヨシオを抱いて温《あたた》めていたことをすぐに悟《さと》りました。ヨシオのお父さんは、思わず、大きな声で、太郎に呼びかけました。

「太郎! ありがとう太郎!」

その声に、太郎はむっくりと起き上がりました。そして、村人たちに気づくと、まるで、いたずらを見つけられた子供のようにヨシオから離《はな》れると、山の奥に向かって、歩き出しました。でも、途中で、歩みを止《と》めると、ヨシオに向かって、クウーンと一声《ひとこえ》鳴くと、森の中に消《き》えて行きました。ヨシオの目に涙がいっぱい溢《あふ》れました。

「太郎！」

いじめっ子

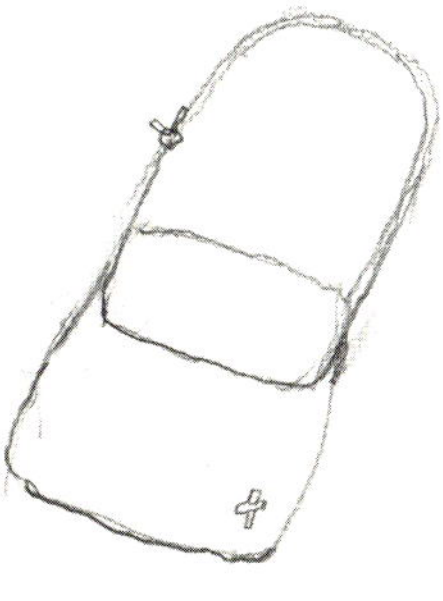

雨の日のことでした。用事《ようじ》をすませて園《えん》に帰って来た園長《えんちょう》は、濡《ぬ》れた敷石《しきいし》に滑《すべ》って、傘《かさ》を放《ほう》り出して転《ころ》んでしまいました。荷物《にもつ》を手にしているので、なかなか起《お》き上がれません。

「ほら、立ちな」

子供の声がして、園長は抱《だ》き起《お》こされました。

その子は、園長が起きると、素早《すばや》く傘を拾《ひろ》って、さしかけました。

「濡《ぬ》れるから早く入りな」

園長は、その時に、やっとその子が、普通の園児《えんじ》より、ひとまわり大きな体をしたイサムという名の、いわゆるいじめっ子だということに気が付きました。大勢《おおぜい》いる園児の中で、イサムに泣《な》かされたことのない子は、ほとんどいないというほどの腕白《わんぱく》です。そういう子から思いがけない優《やさ》しさを受けて、しっかり者の園長も思わず胸《むね》がきゅっとなって、涙《なみだ》ぐんでしまいました。

「先生、足がいたいのかい？」

「ううん、どうして？」

「だって、泣いてるじゃん」

「イサム君が優しくしてくれたから、嬉《うれ》しくなって泣いたのよ。大人はね、嬉しいときにも泣くのよ」

「ふうん。でもうちの母ちゃんは、どんな時だって泣かないぜ。母ちゃんの泣くのいっぺんも見たことないもん」

「強いのね。イサム君の母さん」

「強いよ。父ちゃんと喧嘩《けんか》しても負《ま》けたことないもん。じゃあ、俺《おれ》もう行くよ。また、転ばないように気をつけな」

イサム君は、傘もささずに、園の中に走り込みました。

「そんなことがありまして、私はイサム君のことを少し見直《みなお》したのですが、先生方の目から見て、この頃《ごろ》のイサム君はいかがなんでしょうか。相変《あいか》わらず、乱暴《らんぼう》ばかりする困《こま》った子なんですか？」

昼休《ひるやす》みの時間に、園長は、先生たちがイサムのことをどう思っているのか聞くことにしたのです。でも、先生たちは、みんな困った顔をして、黙《だま》り込んでしまいました。そして、ずいぶん経《た》ってから、イサムがいるサクラ組の先生が、やっと手を上げました。

「今日は、タカシ君のお母さんがみえました。うちの子が頭《あたま》にコブを作《つく》って帰《かえ》って来たとおっしゃって……」

「つまり、イサム君に、殴《なぐ》られたということですね？」

「ええ」

「そうですか。…あの子がねえ……」

園長は、溜息《ためいき》を一つはいてから言いました。

「先生は今、『今日は』っておっしゃったけど、そうすると、昨日《きのう》も何かあったのですか？」

「ええ。昨日は、カオルちゃんのお母さんがみえまして、イサム君が、カオルちゃんのスカートをひっぱったって……」

「それだけですか？」

「まだいっぱいあるんですけど……」

すると、サザンカ組の先生や、スミレ組の先生も、次々《つぎつぎ》に、イサムの乱暴ぶりを訴《うった》えました。

「そうですか。そんなにひどいのですか」

園長は、大きな溜息をついてから、気をとり直《なお》して言いました。

「イサム君の乱暴をどうしたらやめさせることが出来るか、私なりにいろいろやってみようと思っています。先生方も、よろしくご協力《きょうりょく》をお願《ねが》いします」

園長の心をこめたお願いの言葉に応《こた》えて、先生たちは園長に協力して、イサムの指導《しどう》に専心《せんしん》しました。そして、その指導の成果《せいか》は実《みの》って、イサムの乱暴もいじめもすっかりなくなりました。先生たちの目には、イサムは見違《みちが》えるほどいい子になっていました。

「これで、イサム君も、みんなと一緒《いっしょ》に遊《あそ》べるようになりますね」

園長先生も先生方も、みんな、そう確信《かくしん》しました。

ところが、先生方の期待《きたい》に反《はん》して、サクラ組の子も、サザンカ組の子も、スミレ組の子も、誰一人としてイサムに近づこうとしませんでした。口をきく子も、ひとりもいません。どの子もどの子も、みんな、イサムに乱暴されたり、いじめられたりしたことを忘《わす》れなかったのでした。

「せっかく、いい子になったのに、みんなから相手《あいて》にされないなんて……。どうしたらいいと思います？」

「さあ。どうしたらいいんでしょうね」

みんな、顔を見合わせて、溜息をつくばかりでした。そして、園長が一番心配していたことを言いました。

「みんなに相手にされなくなったのが原因《げんいん》で、イサム君が園をやめてしまうということも考えられますからね」

そして、園長の、その心配が本当になったのか、突然《とつぜん》、イサムが姿《すがた》を見せなくなったのです。もちろん、園長は、すぐにイサムの家を訪《たず》ねま

した。

「えっ！イサム君が」

イサムが園に来なくなったのは、交通事故《こうつうじこ》に遭《あ》って、病院《びょういん》に入院《にゅういん》していたためでした。園長はすぐに、病院に駆《か》けつけました。

「まあ！園長先生。こんな奴《やつ》の見舞《みま》いに来ていただくなんて。なにね、足をちょっと怪我《けが》しただけで、十日もすれば、出られるってことですから。それをわざわざ……」

イサムのお母さんは、イサムの頭を何度も押《お》さえて、園長にお辞儀《じぎ》をさせました。

「ありがとうございますって言いな」

園に帰った園長は、さっそく、サクラ組の先生に、イサムのお見舞いを頼《たの》みました。

「幸《さいわ》い、イサム君が入院している病院は近くですし、サクラ組の子たちがお見舞いに行ったら、イサム君もお母さんも、きっと喜ぶと思うんです」

「そうですね。病室《びょうしつ》に一人ぼっちじゃ、心細《こころぼそ》いでしょうね。いくら腕白《わんぱく》ぼうずのイサム君でも」

ところが、しばらくして、サクラ組の先生は、がっかりした顔をして帰って来ました。

「イサム君のお見舞いに、みんなで行こうよって言ったら、嫌《いや》だって言うんです。あんな子のところへなんか行きたくないって」

サクラ組の先生は、肩《かた》を落として、涙ぐんでいました。お見舞いに行こうと言う子が一人もいないということは、受け持ちの先生にとって、とても悲しいことでした。

「先生、もっと子供たちの持っている、優しさを信じましょうよ」

園長先生は、うなだれている、サクラ組の先生の肩を優しく叩《たた》きました。そして、一緒に、サクラ組の教室に行くと、子供たちを集めて、言いました。

「みんなが、イサム君のことを嫌っていることは、先生もよく知っています。いいえ、先生も、困った子だと思っていました。ところがね……」

園長は、雨の中で、イサムに優しく助けられた時のことを、詳《くわ》しく話しました。そして、みんなも、もし一度でも、イサム君に親切《しんせつ》にされたことがあったら、どんな小さなことでもいいから話して、と頼みました。

園長が一生懸命《いっしょうけんめい》に頼んだので、サクラ組の園児たちも一生懸命にイサムのしたことを思い出そうとしました。……五分経《た》ち……十分経ちました。

「あっ、思い出した」

最初に叫んだのは、おとなしいミチ子でした。

「あたしがボールをどぶに落とした時、イサム君が泥《どろ》んこになって拾ってくれたの」

続いて、腕白ぼうずのタツオが、恥《は》ずかしそうに手を上げました。

「俺《おれ》、隣町《となりまち》の奴《やつ》にいじめられた時、イサムが助けてくれた」

続いて、ユミです。

「イサムちゃんが、あたしのこと、かわいいって言った」

こうして、サクラ組の園児たち全員《ぜんいん》が、イサムの良いところを思い出した時、園児たちの顔は、明るく輝《かがや》いていました。

そして、その翌日です。

「ありがたいねえ。お前のような、腕白ぼうずのところにも、園長先生は見舞いに来て下さったんだからね」

イサムのお母さんが、ベッドの周《まわ》りを片付けながら、イサムに話しかけた時でした。女性の看護師《かんごし》が、駆《か》け込《こ》んで来ました。

「イサム君、お見舞いのお友達《ともだち》が、いっぱいみえたわよ」

看護師の声に続いて、手に手に、小さな花束《はなたば》を持った、サクラ組の友達が入って来て、ベッドを取り囲《かこ》みました。そして、声を揃《そろ》えて言いました。

「イサム君、早く治《なお》って、一緒に遊びましょう」

びっくりした顔で、みんなを見つめていたイサムの顔がゆがんで、急に両手で布団《ふとん》を持ち上げると、その中にもぐりこみました。

「何してんだよ！お見舞いに来て下さったお友達に失礼《しつれい》じゃないか！」

大声で怒鳴《どな》った母ちゃんが、もぐりこんだイサムの布団をひっぱがしました。ひっぱがされたイサムは、ベッドの上で、丸《まる》くなって、両手で顔を隠《かく》していました。でも、隠した指《ゆび》の間から、熱い涙が溢《あふ》れ出て、枕《まくら》を濡《ぬ》らしていました。それを見た母ちゃんの目に、涙があふれてきました。

「イサム、母ちゃんだって……」

あふれる涙をこらえて、病室を飛《と》び出《だ》した母ちゃんは、廊下《ろうか》の壁《かべ》におでこを押《お》し付《つ》けると、大粒《おおつぶ》の涙を流して、泣きました。一度も泣いたことのなかった母ちゃんが、子供のように声をあげて、泣き続けていました。

おねしょ

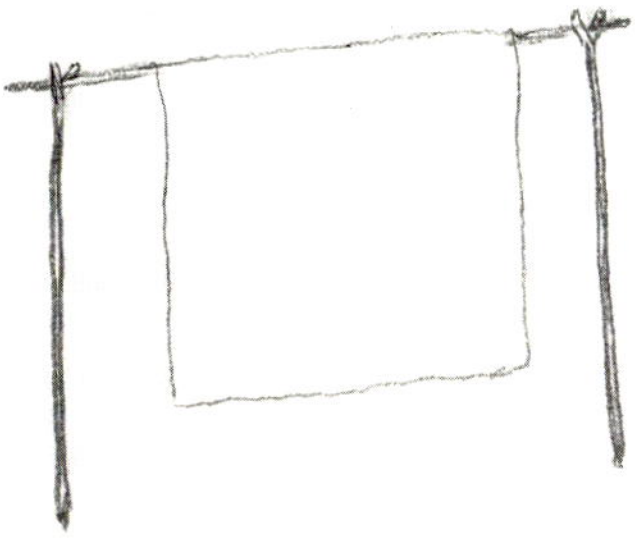

「今日《きょう》はいい天気《てんき》ねえ。洗濯物《せんたくもの》が早《はや》く乾《かわ》きそうだわ」

青《あお》く晴《は》れわたった空《そら》に向《む》かって、お母さんが嬉《うれ》しそうに独《ひと》り言《ごと》を言っている。カーテンをいっぱいにあけたマサオの部屋《へや》にも、朝日《あさひ》が明《あか》るくさしこんで、本当《ほんとう》に気持《きも》ちのいい朝だ。

……でも、マサオには、お母さんの明るい声がかえってとてもつらく聞《き》こえた。

なぜ?……、「洗濯物が早く乾きそうだわ」。原因《げんいん》はそれだった。マサオは今朝《けさ》おねしょをしてしまったのだ。でも、おねしょぐらい、たいていの子は、ときどきやったおぼえがあるはずで、何でもないことである。

ただ、マサオのおねしょは、ときどきでなく、ほとんど毎日《まいにち》だった。布《ふ》団《とん》の上で、ぐっしょりぬれて、べそをかいているマサオに、お母さんは、いつも、やさしい声で言った。

「おねしょしたくらいで、男の子が泣いたりしちゃみっともないわよ。パジャマや下着《したぎ》は洗《あら》えばいいんだし、お布団は、お母さんが、いつものように、だあれにも分からないように上手《じょうず》に干《ほ》すから心配《しんぱい》しないでいいの」

今は、こんなにやさしいお母さんも、おねしょのことで大失敗《だいしっぱい》をしたことがあった。それは、マサオのまだ小さかった頃《ころ》のことである。その時、お母さんは、おねしょの布団を何にも考えずに、ベランダのてすりに広《ひろ》げて、そのまま買物《かいもの》に出かけてしまった。そして、買物をすませて帰って来たお母さんは、何人《なんにん》かの子供《こども》たちが、笑《わら》いながら、ベランダに干した、おねしょの布団を指《ゆび》さしているのを見たのである。

「ここの子、またやったな」

「犬《いぬ》の形《かたち》をしてるね」

「いや、豚《ぶた》だよ」

「ちがうよ。北海道《ほっかいどう》の地図《ちず》だよ。それにしてもあんな布団、よく平気《へいき》で干すよな」

そのことがあって以来《いらい》、お母さんは、マサオに恥《は》ずかしい思いを、絶対《ぜったい》にさせまいと心《こころ》に誓《ちか》ったのだった。

「おはよう！」

「おはよう！」

「おっす！」

その日の朝も、仲良《なかよ》しの三人、マサオ、ユミ、サトルが、マサオの家の前に集《あつ》まった。いつも三人そろって学校に行くことになっているのだ。

「今日もやっぱり干してあるな」

サトルが、ベランダに干してあるマサオの布団を見上《みあ》げながら、ふしぎそうに言った。

「マサオちゃんちのお母さんは、布団を干すのがよっぽど好きなんだな。だって、お天気のいい日には、どこの家でも干すけど、マサオちゃんちは、今日のような曇《くも》りの日でも、かならず干すんだもの」

サトルが、そう言ったとたんに、マサオの心臓《しんぞう》は、はれつしそうにどきどきした。サトルが、「もしかして、マサオちゃん、おねしょしたんじゃないの？」と言ったら、どうしようと思ったのだ。

「それは、その……」

マサオがどぎまぎしていると、

「あら知らないの?」

ユミが、大人みたいに言った。

「うちだってそうよ。お天気の日はもちろん、曇ってても、風があれば干すの。なぜって言うと、布団には、ダニが、いっぱいいるんだって。ママがそう言ってた」

「ふうん。それで干すのか。何でも知ってんだなあユミちゃんは」

サトルはひどく感心《かんしん》して、何度《なんど》もうなずいている。マサオは心の中で、「ありがとうユミちゃん!」と、さけんだ。そして、ユミのことが、今までよりも、ずっとずっと好《す》きになってしまった。つまり、マサオはお母さんのおかげで、一度も恥ずかしい思いをしなくてすんだし、ユミとも大の仲良しになれたのだ。以上の話で、マサオのお母さんが、どんなにいいお母さんか分かったが、さて、お父さんのほうは、どうだったの

だろう。

「またおねしょなんかして！　そんなにしょっちゅうおねしょするなら、赤《あか》んぼうのように、おむつをして寝《ね》ろっ！」

そう言ってどなる怖《こわ》いお父さんだったのだろうか。もちろん、ノーである。お父さんはいつもこんなふうに、マサオをはげましていた。

「おねしょなんて、子供はみんなするんだよ。お父さんなんか、小学《しょうがっ》校《こう》の六年生《ろくねんせい》になっても、ときどきやっちゃったよ。でも、おばあちゃんが、お母さんと同じように上手《じょうず》に干してくれたから、友達《ともだち》は、誰《だれ》も知《し》らなかったよ。だけど一度だけ、学校なんかやめてしまおうと思ったことがあったね。おねしょのせいで」

「学校をやめようと思ったの？　おねしょのせいで？」

マサオは、びっくりした。おねしょをするからと言って、ユミやサトルといっしょに通《かよ》う楽《たの》しい学校をやめるなんて一度も思ったことがなかったからだ。

「どうして、おねしょのことで、学校をやめようなんて思ったの？」

「修学旅行《しゅうがくりょこう》だよ」

「しゅうがくりょこう？」

「そう。マサオはまだ一年生だから先《さき》の話だが、六年生になるとね、六年生がみんないっしょに旅行するんだよ。そして、旅館《りょかん》に泊《と》まって、クラスごとに、一つの部屋《へや》で、一緒《いっしょ》に寝《ね》るんだよ」

マサオは、それだけ聞《き》いただけで、お父さんが学校をやめたくなった気持《きも》ちが、痛《いた》いほど分かった。

「それでお父さん、しゅうがくりょこう、どうしたの？」

「行ったよ」

「おねしょは?」

「しなかった」

「よかったね!」

「どうして、おねしょしなかったと思う?」

「……」

「寝なかったのさ、一晩中《ひとばんじゅう》」

「ふうん。すごいな」

「すごくないよそんなの。弱虫《よわむし》のすることだよ。勇気《ゆうき》があったら、おねしょなんか絶対《ぜったい》にしないぞーって、がんばって寝るんだ。失敗《しっぱい》しても、またがんばればいいんだ」

そして、その翌日《よくじつ》の土曜日《どようび》、マサオは大好《だいす》きなユミから、誕生会《たんじょうかい》に招待《しょうたい》された。

「サトルちゃんとこ、用事があって来られないんだって。だから、マサオちゃんちは、お母さんも絶対来てって、お母さん言ってた。うちのお母さんと、マサオちゃんちのお母さん、大の仲良しだものね」

ユミの誕生会は、夕方《ゆうがた》から始《はじ》まった。ユミのお父さんも、マサオのお父さんも、会社《かいしゃ》の仕事《しごと》で出張《しゅっちょう》していないので、ユミのお母さんも、マサオのお母さんも、たっぷりおしゃべりが出来て、ご機嫌《きげん》だ。もちろん、ユミとマサオも楽《たの》しくて楽しくて、このまま時間《じかん》がいつまでも続《つづ》いてほしいと思うほどだった。おしゃべりを楽しみ、ゲームに夢中《むちゅう》になり、そして、テーブルいっぱいに並んだご馳走《ちそう》。食事《しょくじ》の後《あと》は、ケーキにフルーツにジュース。今日は、ユミにもマサオにもコーヒーを少し。そして、また楽しいおしゃべりやゲーム。……やがて、おしゃべりにもゲームにも少し疲《つか》れて、テレビをつけると、

「あらっ！」

「まあっ！」

なんと、テレビは、暴風情報《ぼうふうじょうほう》を放映《ほうえい》しているではないか。驚《おどろ》いて、窓《まど》のカーテンをあけると、テレビの情報通《どお》り、大荒《おおあ》れであった。

「これじゃ、とても帰れませんわ。おふとんを用意しますから、泊まっていってちょうだい」

ユミのお母さんは、たちまちマサオとお母さんの寝室《しんしつ》を用意《ようい》してしまった。……お母さんとマサオの二人だけになった寝室で、お母さんが、小声でマサオに言った。

「どうする？　今夜一晩、寝ないでおく？　もしそうするなら、お母さんも、起《お》きててあげる。だって、おねしょのこと、ユミちゃんに知られたくないでしょ」

マサオは、「うんそうする」と言いかけて、いつかお父さんと話した時、お父さんが言ったことを思い出した。「おねしょなんか絶対《ぜったい》にしないぞーって、がんばって寝るんだよ。失敗しても、またがんばればいいんだ……」

その夜《よる》、マサオは夢《ゆめ》を見た。広い野原《のはら》で、一人で遊《あそ》んでいて、誰《だれ》もいないので、おしっこをしようとしたのだ。と、その時。お父さんとお母さんの声がした。

「おしっこは、トイレでするんだ！」

「眼《め》をさましなさい、マサオちゃん！」

マサオは、その声に、はっとして、眼をさました。そして、そっとトイレに行った。お母さんは、ぐっすり眠っていた。

朝。嵐《あらし》が去《さ》った明るい光《ひかり》の中で、マサオは、生まれてから今までで、一番楽しく、しあわせな朝をむかえた。

そして、月曜日《げつようび》の朝、いつものように、ユミとサトルとマサオが、いっしょに学校に行くために、マサオの家の前に集まった。すると、

「あれっ?」

マサオの家のベランダを見上げたサトルが、すっとんきょうな声をあげた。

「どうなってんだ。こんなにいい天気なのに、今日は布団が干してないじゃん?」

にんじんごはん

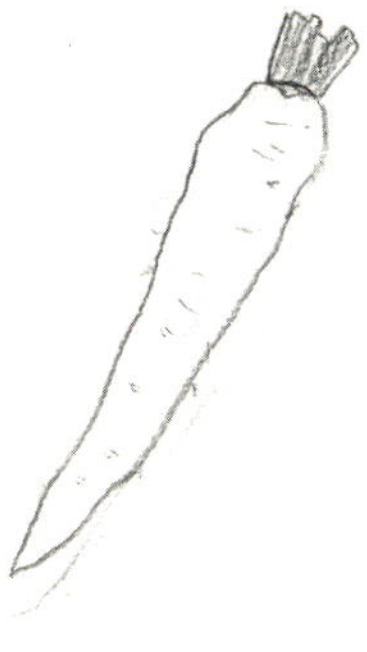

「おばあちゃま、ただいま！」

マリは学校から帰ると、まっすぐにおばあちゃまの部屋《へや》に行って、おやつを一緒《いっしょ》に食べます。そして、おやつを食べ終わると……、「それじゃあ、そろそろ始《はじ》めようかね」

おばあちゃまの得意《とくい》なお話が始まるのです。マリは、もう嬉《うれ》しくなって、始まる前から、パチパチと手を叩《たた》きます。おばあちゃまは、マリのために、毎日、面白《おもしろ》いお話を用意《ようい》しているのです。

「北の国の深い海に住んでいるタコはね、月の夜になると泳《およ》ぎだして、海岸《かいがん》に上がってくるの。そいで、海岸の近くにある畑《はたけ》に入って、八本の足で、にんじんを引《ひ》き抜《ぬ》いて、おいしそうに食べるの」

「タコってにんじんを食べるの？」

「そうなの。北の海のタコは、みんなにんじんが大好《だいす》きなの。だから、深い海からあがってくるの」

「それからどうなるの？」

「タコがおいしそうに食べているのを、物陰《ものかげ》にそっと隠《かく》れて見ていた猟師《りょうし》さんが、さっと飛び出して行って、ぱっと頭をつかむの。そして、くるっと裏返《うらがえ》しにするの。そうすると、タコはおとなしくなって、猟師さんにつかまってしまうの」

おばあちゃまの話し方が、とっても上手《じょうず》なので、マリは、本当のことみたいに思っちゃうのです。それに、おばあちゃまは、マリのために、次々《つぎつぎ》に新しいお話を作って、話してくれるから、マリはおばちゃまが大好きなんです。

ところが、三週間《さんしゅうかん》ばかり前、いつものように学校から帰るとすぐ、

「おばあちゃま、ただいまあ！」

勢《いきお》いよく部屋に入ると……おばあちゃまがいない？

「お母さん、おばあちゃまは？」

「おばあちゃまはね、急に具合《ぐあい》が悪くなって、救急車《きゅうきゅうしゃ》をお願《ねが》いして、病院《びょういん》に入ったの」

「おばあちゃまが入院？」

それから一週間。やっと、お見舞いは出来《でき》るようになりましたが、おばあちゃまは、ただにっこりするだけで、お話をする時のおばあちゃまとは、まるで違《ちが》って元気《げんき》がありません。それで、帰ってからも、マリは心配《しんぱい》で心配でたまりません。

「おばあちゃま、いつになったら元気になるの？」

「そうねえ、おばあちゃま、根《ね》が丈夫《じょうぶ》だから、きっとすぐによくなるわ。心配しなくても大丈夫よ。お医者《いしゃ》さまが、よく診《み》て下さってるから」

でも、マリは、やはり心配で心配でたまりません。それで、いつだったか、おばあちゃまと、お宮《みや》にお参《まい》りした時のことを思い出しました。

「おばあちゃまは、神様《かみさま》に何をお願《ねが》いしたの？」

「マリちゃんが病気にかからないようにってお願いしたのよ。だから、きっと神様が、マリちゃんのこと守《まも》ってくださるわ」

と、おばあちゃまが言ったことを思い出しました。

「ねえ、お母さん。神様にお願いしたら、おばあちゃまの病気、治《なお》してくれるの？」

「そうねえ、きっと治してくださると思うわ。でも、神様にお願いするには、神様と何か約束《やくそく》しなきゃ駄目《だめ》なのよ」

「どんなことを約束するの？」

「それはねえ、たとえば、マリちゃんは、にんじんが嫌《きら》いで、食べたことがないでしょ。そのにんじんを食べますってお約束したら、神様は感心《かんしん》なさって、マリちゃんのお願いを、きっと聞いてくださると思うわ」

「にんじんじゃないと駄目なの？」

マリは困《こま》ってしまいました。だって、にんじんと聞いただけで、気持ちが悪くなるほどなんだから。でも、おばあちゃまの病気は、どんなことをしてでも、治してあげたいし……。マリはどうしていいか分からなくなってしまいました。すると、お母さんが、マリの頭をなでながら言いました。

「おばあちゃまね、本当は、にんじんごはんが大好きなの。でも、マリちゃんが、にんじん、嫌いでしょ。だから、おばあちゃま、絶対《ぜったい》ににんじんごはんを食べなかったのよ。マリちゃんが嫌いだからって……」

マリは、びっくりしました。そんなこと、初めて聞いたのです。マリのために、大好きなにんじんごはんを食べなかったおばあちゃま。そのおばあちゃまが、病気になっている。マリは泣きそうになって、言いました。

「私、にんじんを食べる！　晩《ばん》ごはんはにんじんごはんを炊《た》いて！」

その晩、マリは生まれて初《はじ》めてにんじんごはんを食べました。はじめの一口は、目をつぶって……。

ところが、おばあちゃまのため、と思うせいか、意外《いがい》においしかったのです。まず、一杯《いっぱい》食べました。二杯目も食べました。そして、とうとう、三杯目も食べてしまいました！

そして、その翌日《よくじつ》、学校の参観日《さんかんび》でした。お母さんたちが、大勢《おおぜい》やって来ました。みんな綺麗《きれい》にお化粧《けしょう》をして、綺麗な服《ふく》を着《き》ています。靴《くつ》もぴっかぴかです。

それなのに……。マリは、ひどくがっかりしました。なんと、マリのお母さんは、お化粧を全然《ぜんぜん》していないし、服だって、まるで普段着《ふだんぎ》みたいでした。マリは、なぜか、とっても悲《かな》しかったのです。家に帰ってからも、マリはそのことが、ずっと気になって仕方《しかた》がなかったのです。でも、「今日のお母さん、綺麗じゃなかった」なんて、とても言えません。お母さんの顔を見るのも、何となく辛《つら》くて、しょんぼりしていました。

お母さんは、そんなマリの気持ちを、ちゃんと知っていました。

「マリちゃん、こっちにおいで」

お母さんは、マリを呼《よ》ぶと、膝《ひざ》の上に、優しく抱《だ》っこしました。

「マリちゃん、ごめんね。がっかりさせて。でもね、これにはわけがあるの。どんなわけだかわかる？」

「分かんない」

「お母さんはね、マリちゃんと同じことをしたの」

「同じこと？」

「そう。マリちゃんは、にんじんを食べますって、神様とお約束したでしょ。そして、お約束した通《とお》りに、にんじんごはんを食べたでしょ。ねっ？」

「うん」

「お母さんもね、神様とお約束したの」

「どんな？」

「それはね、マリちゃんに今日がっかりさせたことなの。もうわかったでしょ。お母さんね、おばあちゃまの病気がよくなるまでは、お化粧をしないし、綺麗な服も着物も着ませんって神様とお約束したの。だから、学校にも、綺麗にして行かなかったの。だから、今日のこと、許《ゆる》してね」

お母さんは、そう言って、マリをぎゅっと抱《だ》きしめました。マリもお母さんを抱いて、言いました。

「おばあちゃまの病気、きっと神様が治してくれる！」

そして、一週間が過ぎ、二週間が過ぎました。お母さんは、ずっとお化粧をしませんでしたが、おばあちゃまの病気が良くなっていくにつれて、明るい顔になっていきました。マリは、せっせと、にんじんを食べ、今ではにんじんが大好きになりました。そして、おばあちゃまも病院の廊下《ろうか》を散歩《さんぽ》できるようになりました。

「おばあちゃま、いつ退院《たいいん》できるの？」

「もうすぐだと思うわ。それにしても、マリちゃんは、よく神様とのお約束を守《まも》ったわね。だから、おばあちゃまの病気が良くなったのよ」

「お母さんだって」

マリとお母さんは、ぎゅっと手を握《にぎ》り合《あ》いました。

そして、その翌日《よくじつ》、なぜか、お母さんが、学校にマリを迎《むか》えに来ました。

「お母さん！」

マリは思わず叫びました。迎えに来たお母さんの綺麗なことといったら……。すっかり、お化粧して、一番綺麗な服を着て、靴もぴっかぴか。

マリは、それが、どういうことか、すぐに分かりました。

「おばあちゃまが退院《たいいん》したのねっ！」

その晩は、おばあちゃまの退院祝《いわ》いで、食卓《しょくたく》には、ご馳走《ちそう》がいっぱい並びました。そして、その中での、一番《いちばん》のご馳走は、もちろん、おばあちゃまの大好きな、にんじんごはんでした。

王様と花

海《うみ》の彼方《かなた》の、ずっとずっと遠《とお》い所《ところ》に、隣《となり》あった二つの国《くに》がありました。一つの国の王様《おうさま》は、とても臆病《おくびょう》で、毎朝起《まいあさお》きるとすぐ、寝《ね》ずの番《ばん》をしていた家来《けらい》を呼《よ》んで聞《き》くのです。

「大丈夫《だいじょうぶ》か？　隣の国が攻《せ》めてくるような気配《けはい》はなかったか？」

「はい、王様。大丈夫でございます」

「確《たし》かだろうな？」

とにかく、毎日《まいにち》毎日心配《しんぱい》のし通《どお》しです。それで、もし、隣の国が攻めてきた時のための用意《ようい》に、鉄砲《てっぽう》や大砲《たいほう》をどんどん作《つく》りました。もちろん、鉄砲や大砲を作るのにはお金《かね》がかかります。そこで、王様は、国民《こくみん》から税金《ぜいきん》を取《と》り立《た》てました。

「また、税金が上がったよ。これでは、もうやっていけないよ」

「ほんとにひどい王様だわ」

「しーっ。そんなこと役人《やくにん》に聞《き》かれてみろ。牢屋《ろうや》にぶち込《こ》まれちゃうぞ」

ところが、王様は、国中の者が困《こま》っていることなんか知らないのか、今度《こんど》は、とんでもないことを思いつきました。

「そうだ。隣の国との境《さかい》に高《たか》いコンクリートの塀《へい》を造《つく》って、誰《だれ》も入って来れないようにしよう。これは、我《われ》ながらいい考《かんが》えだ。これで、安心して眠《ねむ》られるというものだ」

臆病な王様は、反対《はんたい》しそうな大臣《だいじん》たちには相談《そうだん》しないで、コンクリートの高い塀を造る決心《けっしん》をしました。

「よし、早速《さっそく》とりかかろう」

そこで、臆病な王様は、家来《けらい》たちの中で、一番信用《いちばんしんよう》している家来を呼《よ》び寄《よ》せました。

「私は、隣の国との境に、高いコンクリートの塀を造ることにした。そのためには、そこがどんな土地か、セメントや砂《すな》や石《いし》はどのくらい要《い》るか、工事《こうじ》は何日《なんにち》ぐらいかかるのか、詳《くわ》しく知《し》る必要《ひつよう》がある。お前は、技術者《ぎじゅつしゃ》を何人《なんにん》か連《つ》れて行って、調《しら》べて来い」

「はい。かしこまりました、王様」

命令《めいれい》された家来は、心の中で、何という馬鹿《ばか》なことを考える王様だ、と思いましたが、王様の命令《めいれい》に反対《はんたい》したら、間違《まちが》いなく牢屋に入れられてしまいます。それで、家に帰った家来は、家族《かぞく》や部下《ぶか》たちを全部集《ぜんぶあつ》めました。

「というわけで、私は隣の国との国境まで行くことになったのだ」

王様から命令された家来は、家族や部下にそう言うと、今度は、声をひそめて言いました。

「本当《ほんとう》のことを言うと、私は、今の王様の命令を聞く気はまったくない。鉄砲《てっぽう》や大砲《たいほう》を作るために、どんどん税金を取り立てて、国民を困らせているのに、今度は、もっと税金を取り立てて、誰《だれ》も通《とお》れないコンクリートの高い塀を造ろうというのだ。こんな馬鹿なことをする王様の国には、もう住《す》みたくない。だから命令を聞くふりをして、隣の国に行って、住もうと思うのだが、みんなはどう思う？」

すると、家族も部下たちも、いっせいに言いました。

「あなたのおっしゃる通りです。私たちも、今の王様のなさることには、あきれ果《は》てていました。すぐに、隣の国に行きましょう。今すぐに！」

早速《さっそく》、準備《じゅんび》が始まりました。まず、王様の目をごまかすために、塀をたてるのに必要な測量器《そくりょうき》、スコップ、ツルハシを用意《ようい》しました。それから、途中《とちゅう》で泊《と》まるためのテントや食料《しょくりょう》や飲《の》み水、麦《むぎ》や野菜《やさい》の種《たね》、それに、いろいろな花《はな》の種を持《も》って行くことにしました。そうしたたくさんの荷物《にもつ》を運《はこ》ぶための馬《うま》やロバや羊《ひつじ》も用意されました。表向《おもてむ》きは、王様の命令で行くことになっているので、昼間でも、怪《あや》しまれる心配《しんぱい》はないのですが、やはり、用心《ようじん》のために、夜になってから出かけました。

「出発《しゅっぱつ》」

低《ひく》い声で、王様から一番信用《しんよう》されていた家来が合図《あいず》をしました。都《みやこ》を離《はな》れて、しばらく行くと道はいつの間にかなくなって、草《くさ》の生《お》い茂《しげ》った荒野《こうや》になってしまいました。臆病な王様が、鉄砲や大砲を作るのに夢中で、畑《はたけ》や道路《どうろ》をほったらかしにしていたせいでした。荒地《あれち》の草をかきわけて進《すす》み、川を渡《わた》り、森を抜《ぬ》け、何週間《なんしゅうかん》もかかって、一行《いっこう》はやっと、隣の国との国境《こっきょう》にたどり着《つ》きました。国境といっても、ぽつん、ぽつんと杭《くい》が打ってあるだけです。

「いっぷくしたら、出かけようか」

家来だった男が部下たちに言った時です。

「あっ！向こうの国から人が何人か、こっちにやってくる。ほら、手を振《ふ》っている」

手を振っているところを見ると、どうやら敵意《てきい》はないようです。

やがて、近づいたのは、これから行こうとしている隣の国の人たちでした。そして、彼等《かれら》は、びっくりするようなことを言ったのです。

「私たちの国の王様は、とても疑《うたが》い深《ぶか》い王様で、あなたたちの国が攻《せ》めてきやしないかと心配して、鉄砲や大砲をどんどん作って、私たち国民からひどい税金を取り立てるのです。もうとても暮らしていけません。だから、あなたたちの国に行こうと思って逃《に》げて来たのです」

　これでは、どっちの国へ行っても、同じことです。それなら、いっそのこと、この国境の土地《とち》を二つの国の人《ひと》たちが仲良《なかよ》く一緒《いっしょ》に暮《く》らせる所にしよう、と臆病な王様の国の家来は思いました。そして、その考えを、疑い深い王様の国の人たちに言いました。

「いかがでしょう?」

「大賛成《だいさんせい》です!」

　この計画《けいかく》は、二つの国の人たちに、初めは密《ひそ》かに、やがて大々的《だいだいてき》に伝えられました。そして、次々にやって来た二つの国の人たちによって、国境の土地は次々《つぎつぎ》に耕《たがや》され、麦や野菜の種が蒔《ま》かれました。コンクリートの強大《きょうだい》な塀が造られるはずだった所には、ヒマワリやタチアオイの種が蒔かれ、その周《まわ》りは、赤、黄、ピンク、紫、白、青と色とりどりの花の種を蒔きました。もちろん、二つの国を往《ゆ》き来《き》できる道を、いくつも造りました。

やがて、季節《きせつ》となり、畑の麦は黄金《こがね》の波《なみ》を打ち、ヒマワリやタチアオイは、三メートル近くになりました。それを取《と》り囲《かこ》んだ草花《くさばな》は、今を盛《さか》りと咲《さ》き乱《みだ》れました。

一方、臆病な王様の方はというと、

「コンクリートの塀を造るための調査《ちょうさ》にやった家来どもは、なかなか帰ってこんのう。それじゃあ、次の調査隊《たい》を派遣《はけん》せよ」

ところが、これがまた、いつまで経《た》っても、戻《もど》ってきません。やがて、数年《すうねん》が経ちました。王様はとうとう我慢《がまん》できなくなって、数人の召使《めしつか》いを連れて、国境に向かいました。

「ああ、これは何という……」

王様が目にしたのは、豊《ゆた》かに広がる田園《でんえん》と、咲き乱れる花々に囲《かこ》まれた村々《むらむら》だったのです。そして、人々は、ヒマワリやタチアオイの咲く国境を自由に出入りして、みんな、いつもにこにこしていました。

「やあ、旅《たび》のお方《かた》ですね。ちょうど、お昼時《ひるどき》です。どうぞ、我が家《わや》で、ご一緒に食事《しょくじ》をしていって下さい」

そう言って誘《さそ》ったのは、臆病な王様が、敵《かたき》と思っていた、疑い深い王様の国の人だったのです。いや、その人だけでなく、みんなみんな、臆病な王様に対《たい》して、優しく親切《しんせつ》でした。王様は、何だかとても嬉《うれ》しくなって、何日も何日も村に滞在《たいざい》して、畑や草花の手入れを手伝《てつだ》いました。王様が、特に気に入ったのは、国境のしるしとして植えてある、ヒ

K
K

マワリとタチアオイでした。三メートルほどにもなる何万本《なんまんぼん》もの花の列《れつ》は、王宮の城壁《じょうへき》よりも、はるかに堂々《どうどう》として、美しく思えました。そして、無数《むすう》の草花の美しさは、王冠《おうかん》にちりばめられた宝石《ほうせき》など、物《もの》の数《かず》でもないと、今の王様には思えるのでした。

「王様、そろそろ、王宮《おうきゅう》にお帰《かえ》りにならないと国民が心配《しんぱい》いたします」

「国民が、わしのことを心配する……。そういう王様になってみたいものだ」

臆病な王様は、そう言って、寂《さび》しそうな顔をしました。

でも、都《みやこ》に帰った王様は、今までの王様とは、すっかり変わりました。臆病な王様は、臆病ではあっても、決《けっ》して愚《おろ》かではありませんでした。むやみに、鉄砲や大砲を作るのをやめにしました。そして、国境に出来た町や村と都を結《むす》ぶ道路《どうろ》も造りました。これで、国境の町や村の人たちは、野菜や麦や商品《しょうひん》などを都に送ることが出来るようになりました。もっとも、この道は、王様が国境の町に行くのに、とても便利《べんり》でした。閑《ひま》さえあれば、せっせと国境に通って、大好きなヒマワリやタチアオイの手入《てい》れをしました。

一方、疑い深い王様の心にも、変化《へんか》が起《お》こっていました。

「そうか、あの臆病な王は、鉄砲や大砲を作るのをやめにしたというのか。それじゃあ、わしも作るのをやめにしよう。だいたい、戦争《せんそう》なんかして、殺《ころ》し合《あ》うなんてことは、よっぽど愚かな人間のすることだからな」

そして、この疑い深い王様も、せっせと国境に通うようになりました。この王様も、疑い深いけれど、やはり、ちゃんとした王様だったのです。偶然《ぐうぜん》、この王様も、ヒマワリとタチアオイの花が大好きでした。そして、国境に行く度に、この花の手入れをするのが楽しみになりました。

「あの臆病な王のヒマワリの高さは、どのくらいだ」

「はい。昨日《きのう》、調べたところでは、王様のは二メートル。あちらの臆病な王様のは、二メートル五センチでございました」

「なにっ、わしのは五センチも低《ひく》いのか。けしからん。もっと肥料《ひりょう》をやりなさい！」

二つの国の人たちは、今もとても仲良くやっています。でも、二人の王様は、花のことになると、やはり、夜も眠《ねむ》れなくなるそうです。でも、花の競争《きょうそう》なら、まあ、いいでしょう、ね。

マヨのとうちゃん

「とうちゃん、また煙草《たばこ》吸《す》ってるんでしょっ。ちゃんと分かるんだから」

台所《だいどころ》で、かあちゃんがキンキンとした声をあげた。隣《となり》の居間《いま》で、そっと煙草を吸っていたとうちゃんは、あわてて両手《りょうて》で煙《けむり》を追《お》っぱらったが、もう遅《おそ》すぎた。

「ああ、こわ」

まるで、おいたをして叱《しか》られた子供《こども》のように頭《あたま》をかきながら、とうちゃんはトイレに入っていった。マヨの家では、換気扇《かんきせん》のあるトイレと台所だけが、煙草を吸ってもいい場所《ばしょ》なのだ。もちろん、はじめは、とうちゃんは、「トイレなんか、やだ」と反対《はんたい》したが、マヨがかあちゃんの方に賛成《さんせい》したので、二対《たい》一で、決《き》まってしまったのだ。

「どうしてそんなにまでして煙草が吸いたいのかしら」

台所のかあちゃんが、トイレに入ったとうちゃんに聞《き》こえるように、わざと大きな声で、独《ひと》りごとを言っている。……もちろん、マヨも煙草が大嫌《だいきら》いだ。かあちゃんと同じように咳《せき》がでるし、眼《め》がチカチカするし、煙草を吸ったあとのとうちゃんの息《いき》は、たまらないほどくさい……。

「煙草を吸うとうちゃんなんか大嫌い」

でも……でも、マヨは、ほんとう言うと、とうちゃんがだーい好きなのだ。だから、台所やトイレや、家の外に出て煙草を吸っているとうちゃんを見ると、少しかわいそうになってしまう。それで、マヨは、とうちゃんとかあちゃんのあいだのことが、ちょっと気になって、台所のかあちゃんのところへ、確《たし》かめに行った。

「かあちゃん」

「なんだい」

「かあちゃんて、とうちゃんのこと、嫌いなの？」

かあちゃんは、アハハハと笑った。

「とうちゃんのこと嫌いかだって、とんでもない。好きで好きで、だーい好きなんだよ」

そして、また、アハハハと笑った。

「でも、かあちゃんは、とうちゃんのこと叱ってばかりいるもの」

すると、かあちゃんは、マヨの顔に、ちょっと手を置《お》いて、内緒《ないしょ》の声で言った。

「かあちゃんが叱るのはね、とうちゃんに、いつまでも元気《げんき》で長生《ながい》きしてほしいからなの」

かあちゃんの顔《かお》は、その時、とっても優《やさ》しく見えた。……あ、そうか。やっぱり、かあちゃんと、とうちゃんは仲《なか》がいいんだな、と思って、マヨはほっとした。そして、ほっとしたついでに、いつも、とっても気になっていることを、かあちゃんに聞いてみた。

「ねえ、かあちゃん。うちでは、どうして、とうちゃんとか、かあちゃんとか言うの？　エミちゃんちは、パパ、ママって呼ぶし、サッちゃんちは、おとうさん、おかあさんて呼ぶし、ユキちゃんちなんか、おとうさま、おかあさまって呼ぶのよ。とうちゃん、かあちゃんて呼ぶのは、うちだけだよ」

　ほんとうのことを言うと、マヨは、ついこの間《あいだ》までは、とうちゃん、かあちゃん、と呼ぶのを恥《は》ずかしいなんて思ったことは一度《いちど》もなかった。

ところが、それがひどく気になりだしたのは、東京《とうきょう》から来た、ユキちゃんが、近くに住むようになってからだった。

「おかあさまア」

少し甘《あま》えた声で、ユキちゃんが呼ぶと、おかあさまが、

「なあに？ ユキ」

とうちゃんを呼ぶ時だって、

「おとうさまア」

うんと甘えて呼ぶ時は、

「おとうはまア」

もっともっと甘えて言う時は、

「おとうまア」

わあいいなあ、素敵《すてき》だな。……マヨはうらやましくて仕方がなかった。

だから、そのことを、ちょっと言ってみたら、マヨのかあちゃんときたら、

「とうちゃんのこと、おとうさまって呼びたいんだって？　あのごっつい顔《かお》をしたとうちゃんを？　アハハハハ、マヨに、『おとうさま』なんて呼ばれたら、びっくりしてひっくりかえっちゃうよ、きっと。……でも、マヨが、どうしても呼びたいんなら、呼んだっていいよ。おとうさまだって、おとうさんだって、パパだって、好きなのにしな」

そして、かあちゃんは、ケロッとした顔で、また台所のあとかたづけを始《はじ》めた。マヨは、少しがっかりした。なぜかというと、きっと、かあちゃんは、「今まで通り、とうちゃんでいいのっ」て言うに決《き》まってる。そしたら、うんとだだをこねてやろうと思ってたから。

「よし、そんなら今日《きょう》から、ぜったいユキちゃんみたいに、おとうさ

まって言っちゃうんだから……」

マヨが、そう決心した時に、ちょうど、とうちゃんが、トイレから出て来た。煙草の臭いもする。おとうさまと呼びかけるチャンスだ。

「お……お……」

でも、どうしても声が出ない。言えないのだ、おとうさまって。

「お……お……お……」

ユキちゃんみたいに、「おとうさま、トイレで煙草を吸ってらしたんでしょ?」って、マヨは言うつもりだった。……でも、どうしても声が出てこなかったのだ。

「あれ?……マヨ、顔《かお》が赤《あか》いぞ。熱《ねつ》があるんじゃないの?……どれ」

とうちゃんは、かがみこんで、おでこをマヨのおでこにくっつけようとした。

「きらいっ！」

両手《りょうて》で、とうちゃんのおでこを押《お》しかえすと、マヨは、とうちゃんと入れかわりに、トイレに駆《か》けこんだ。そして、パタンとドアをしめると、急《きゅう》に悲《かな》しくなって、わーっと声を上げて泣《な》いた。

「ねえ、とうちゃん、この頃《ごろ》、マヨの様子《ようす》、少し変《へん》じゃない？」

「やっぱりかあちゃんもそう思うかい？　あんなに、とうちゃん、とうちゃんって甘《あま》える子だったのになあ……」


それから、二、三日たった日の夕方《ゆうがた》、お掃除当番《そうじとうばん》だったマヨが、担当《たんとう》の先生に、お掃除がすんだことを報告《ほうこく》して、帰りかけるところに、お隣《となり》のおばさんが、いそぎ足でやって来た。おばさんは、マヨを手まねきしてから、マヨのお父さんが、お昼頃《ひるごろ》、救急車《きゅうきゅうしゃ》で市民病院《しみんびょういん》に運《はこ》ばれ、お母さんが付《つ》いて行ったから、家は留守《るす》になっているが、お父さんの病気は心配《しんぱい》ないと連絡《れんらく》があった、と説明《せつめい》をはじめた時には、マヨは、もう駆《か》け出《だ》していた。

「あっ、マヨちゃん！」

先生が叫んだ時には、マヨは、もう校門《こうもん》をとびだしていた。

「市民病院って、風邪《かぜ》をひいたとき、行ったところだわ。早く早く行かなきゃ。とうちゃん死《し》んじゃうかもしれない。ヤダヤダ、死んじゃヤダ！　死なないで、長生きして。トイレで煙草吸ってもいいから。眼がチカチカしても我慢《がまん》しちゃうから」

やっと、市民病院についたマヨが、受付の前でうろうろしていると、親切《しんせつ》な看護師《かんごし》さんが、とうちゃんの入っている病室《びょうしつ》を教《おし》えてくれた。

「二〇一…二〇二…二〇三…二〇四…二〇五、あった！」

マヨは、胸をどきどきさせながら、ドアをあけて入ると、かすれた声で、そっと言った。「とうちゃん……」

とうちゃんは、窓際《まどぎわ》のベッドに居《い》た。青白《あおじろ》い顔で、眼をつぶったまま、じっとしている。マヨは、すっとんでいくと、大声《おおごえ》で呼《よ》んだ。「とうちゃん…とうちゃん…とうちゃん！」

つぶっていたとうちゃんの眼が、ぱちっと開《あ》いた。とうちゃんが生きていた。マヨは、うれしくてうれしくて、とうちゃんの枕《まくら》に顔を押しつけると、声をあげて泣いた。

「心配しなくてもいいよ。とうちゃんの病気はね、盲腸炎《もうちょうえん》だったんだよ。だから、手術《しゅじゅつ》だって、あっという間に終わっちゃったんだよ」

用事で、外に出ていたかあちゃんが戻《もど》ってきて、にこにこ顔で言った。

「先生がね、四～五日もしたら、退院《たいいん》出来《でき》るっておっしゃったんだよ。

とうちゃん、顔もごっついけど、体のほうもごっついんだよ」

　そして、いつものように、アハハハと笑《わら》った。マヨは、とうちゃんの、ごっついけれど、優しい顔を見ながら、「うちのとうちゃんは、やっぱりとうちゃんと呼ぶのが一番いいな」と思った。そして、大きくなって、おねえちゃんになっても、おばちゃんになっても、ずっとずっと、とうちゃんと呼《よ》ぼうと思った。

おなら

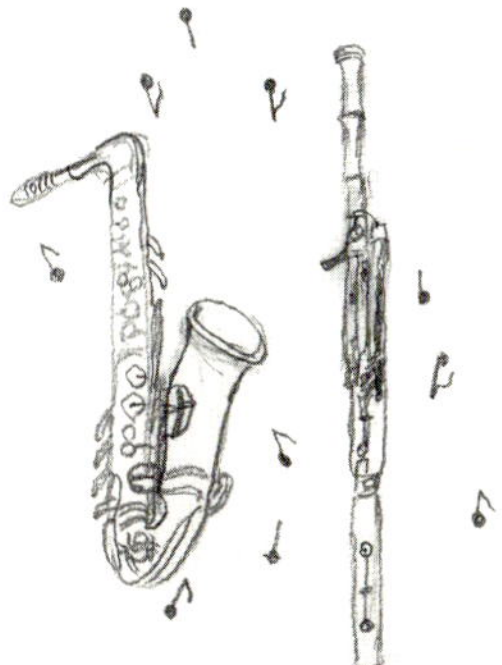

人間はもちろんのこと、鳥《とり》や獣《けもの》たちにもそれぞれに、好《す》き嫌《きら》いがあるのは仕方《しかた》がないことです。しかし、彼等《かれら》は同時《どうじ》に、それを我慢《がまん》しあうことによって、平和《へいわ》が保《たも》たれていることも心得《こころえ》ておりました。

しかし、その我慢というものを一切《いっさい》しないし、しなくても誰《だれ》からも文句《もんく》を言われない存在《そんざい》がありました。もちろん、人間《にんげん》でも鳥でも獣でもありません。それは、人間界《にんげんかい》を遥《はる》かに離《はな》れた山の奥《おく》で、その辺《あた》り一帯《いったい》の生きとし生ける者を支配《しはい》する山《やま》の神《かみ》でした。

山の神は、あらゆるものを支配する絶対者《ぜったいしゃ》です。我慢などというものとはまったく関係《かんけい》がありません。ところがです。この神には大いに関係があったのです。それが何と、おならだったのです。

人は言うかもしれません。「あなたは神ではありませんか。おならなんか、いつでも好きな時になさったらいいでしょうに」

ところが、神様がおならを我慢するわけは、ご自分《じぶん》が出す、おならの臭《にお》いだったのです。

「あの臭いを嗅《か》ぐと、わしは死ぬほどの苦痛《くつう》と嫌悪《けんお》を感《かん》ずるのだ。それに、あの音の不愉快《ふゆかい》さ。だから私は、どんなに辛《つら》くても、おならを我慢しているのだ」

この時までの神様は、ただひたすらに、ご自分のおならと戦《たたか》っておられたのです。ご自分の支配する鳥や獣や虫たちのおならのことなどは気にもとめておられなかったのでした。

ところが、運《うん》が悪《わる》いと申しましょうか、偶然《ぐうぜん》と言いましょうか、神様が必死《ひっし》におならを我慢していらっしゃる最中《さいちゅう》に、山二つばかり向こうの穴《あな》の中で、一匹《いっぴき》の熊《くま》が、スーッとおならをすかしたのです。山二つ向こうの穴の中といっても、神様にとっては、耳《みみ》もと同じです。偶然の熊のおならが神様の怒《いか》りに火をつけました。

「誰《だれ》じゃ、今、おならをしたのは」

神様の大きな声が全山《ぜんざん》にとどろき渡《わた》りました。神様の怒りの声は、あらゆる生き物を震《ふる》えあがらせました。そして、続《つづ》いて申《もう》し渡《わた》された神様のお告《つ》げは、生きものにとって、実《じつ》に過酷《かこく》なものでした。

「この山に住む、あらゆる生きものは、今後絶対《こんごぜったい》におならをしてはならない。もしも違反《いはん》した者《もの》は、この山から永久《えいきゅう》に追放《ついほう》する」

しかし、このお告げは、神様にとっても大変過酷な負担《ふたん》になりました。なぜなら、もうどんなに苦しくても、お告げを出した手前《てまえ》、金輪際《こんりんざい》、おならをすることは出来なくなってしまったのです。そして、一日一日と、神様のお腹《なか》はふくれていきました。

もちろん、鳥や獣や蛇《へび》や蛙《かえる》や虫たちのお腹も、みるみるふくれていきました。蛇などは、ふくらんで棒《ぼう》のようになってしまうし、池《いけ》に飛《と》び込《こ》んだ蛙は、ひっくり返《かえ》って、お腹を上にして、ぶかぷか浮《う》く始末《しまつ》です。

「このままじゃ、腹《はら》がパンクしてしまうぜ。神様にみつからないように、おならをする方法《ほうほう》はないだろうか」

大きく膨《ふく》れ上がったお腹をさすりながら熊が、普段《ふだん》は仲《なか》の悪《わる》い猪《いのしし》に話しかけました。

「なあ、深い穴を掘《ほ》ったらどうだろう？」

「深い穴？」

「そう。思いっきり深い穴を、俺とお前とで掘るんだ。そうだ、モグラにもオケラにも手伝《てつだ》ってもらおう」

「なるほど、神様にも聞こえない深い穴を掘って……」

「入り口には、厚《あつ》い蓋《ふた》をする」

「その深い深い穴の奥《おく》で」

「スーッとやる」

熊と猪が、そこまで話しあった時でした。

神様の声が、空《そら》から静《しず》かに聞こえてきました。

「おろかな者たちよ。この山から追放されたくなかったら、二度《にど》とそのようなことを考えるではない」

神様の声は、とても静かでした。まるで、少しも怒《おこ》っていないように聞こえましたが、とんでもない。神様は必死に怒りを抑《おさ》えていらっしゃったのです。なぜなら、怒りにまかせて大声を出せば、当然お腹に力が入ります。あとは言わなくても分かるでしょう。

さて、熊と猪の内緒《ないしょ》の話が神様に筒抜《つつぬ》けだったことは、山の鳥や獣や虫たちにとって大きなショックでした。神様をごまかすことなど絶対に出来ないと分かった以上、あとはもう必死におならを我慢するしかありません。

しかし、いくら我慢していても、ちょっとしたはずみで、例《たと》えば、石につまずいたり、くしゃみをしたりした時に、出てしまうのは、どうしようもありません。

日が経《た》つにつれて、はずみのおならが、あちこちで聞こえるようになりました。

「けしからん。またあっちでやった……。こっちでもやっておる。今のは、タヌキだな。さっきは、確《たし》かウサギだった。……あっ、あの我慢できない臭いはイタチだ。けしからん。実にけしからん！」

山の神様の出した、おなら禁止令《きんしれい》のために、山は大混乱《だいこんらん》に陥《おちい》ってしまいました。

ところが、不思議《ふしぎ》なことに、カッパたちが住《す》んでいる谷川《たにがわ》の滝《たき》つぼの淵《ふち》は、おならとは、まるで関係がないといった様子《ようす》です。岸辺《きしべ》で大好物《だいこうぶつ》のキュウリを食べている者もおれば、滝つぼの泡《あわ》の中で、泳《およ》ぎながらかじっている者もいます。岸辺には、キュウリが山積《やまづ》みにされていて、カッパたちは、それを片《かた》っ端《ぱし》から、たいらげています。それでいて、お腹のふくれあがった者は一匹《いっぴき》も見当《みあ》たりません。

そんなカッパたちを眺《なが》めて、羨《うらや》ましくないものが、いるわけがありません。

「ねえ、カッパさん、おならもしないで、そんなに食べて、苦《くる》しくないの？」

「ああ、いい気分《きぶん》だよ。おならなんかしなくても、へのカッパ」

「いいなあ。俺もカッパに生まれてきたらよかった……」

鳥や獣たちの目には、カッパのすみかは、まるで、天国《てんごく》のように見えたのです。

崖《がけ》から流《なが》れ落《お》ちる水は、一日中ドウドウと音をたて、しぶきには、七色《なないろ》の虹《にじ》がかかっています。滝つぼで生まれた数限《かずかぎ》りない泡《あぶく》は、ひとしきり、大騒《おおさわ》ぎをしては、次々《つぎつぎ》に流れの中に消《き》えていきます。淵には、カッパの食物のキュウリがぷかぷか浮いて、いい香《かお》りをただよわせています。

鳥も獣も虫たちも、ただうっとりと眺めていました。

しかし、全能《ぜんのう》の神様をごまかすことはできませんでした。

「神様の私でさえ、こんなに苦しいのに、カッパだけが、平気《へいき》のカッパということはありえないことだ」

カッパの住んでいる滝つぼに出かけた神様は、一目見ただけで、たちまちカッパたちのからくりを見破《みやぶ》ってしまいました。

「カッパは、キュウリばかり食べている。だから、おならもキュウリの匂いがする。そして、滝つぼの中で出したおならは、泡となって滝の中に消えていくのだ」

カッパたちの、からくりを見破った神様は、すぐにカッパたちを呼《よ》びつけました。

「この私の命令《めいれい》に背《そむ》いた者は、どうなるか知《し》っておろう。今すぐに、この山を出て行けーっ！」

神様は、ありったけの大声《おおごえ》で、叱《しか》りつけました。その声は、何百《なんびゃく》のバ

スーンをいっせいに吹《ふ》き鳴《な》らすほどの音で、あたりの山々《やまやま》が、揺《ゆ》れるほどでありました。

ところが、それがあまりの大声だったために、神様の下腹《したばら》に、ぐっと力が入りました。途端《とたん》に、我慢をしていたおならがでてしまいました。

その音は、山を揺るがしたバスーンではなくて、ホルンに似《に》た、うるおいのある優《やさ》しい音色《ねいろ》でした。

張りつめていた神様のお腹の中のものがホルンの奏でるメロディに乗《の》って、放出《ほうしゅつ》されるにつれて、神様は、かつて味《あじ》わったことのない幸せに浸《ひた》っていきました。あれほど、嫌悪した臭いにも、今はバラの香《かおり》にも勝《まさ》る匂《にお》いに感《かん》じられるのでした。

「この幸せを、自分一人だけのものにしていてはいけない」

その思いは、命令《めいれい》と禁止《きんし》と懲罰《ちょうばつ》だけを下《くだ》していた神様の心の中に、初《はじ》めて生まれた、優しい気持《きも》ちでした。

「みんな、聞いてくれ」

ホルンの奏でるメロディに乗って山頂に登った神様は、山じゅうの生きものに向かって、優しい声でおっしゃいました。

「みんな、許《ゆる》しておくれ。おならをするのを禁止《きんし》したのは、私の大きな間違《まちが》いだった。さあ、思う存分《ぞんぶん》、みんなでおならをしよう」

山じゅうの生きものから喜びの喚声《かんせい》が、どっとあがると同時《どうじ》に、あらゆる吹奏楽器《すいそうがっき》が喜《よろこ》びのメロディを奏で始めました。トロンボーンが、トランペットが、フルートが、ピッコロが、ホルンが……。そして、それを奏でる鳥や獣や蛙や蛇や虫たちの顔が明るく輝《かがや》いていました。

カマキリ

　私《わたし》が小学生《しょうがくせい》の頃《ころ》の話《はなし》ですから、ずいぶん昔《むかし》のことです。その頃、私は、K町という所に住《す》んでいましたが、町といっても、鉄道《てつどう》の駅《えき》から七、八分歩《ある》くと、まわりは田んぼと畑と野原《のはら》ばかりで、その真《ま》ん中《なか》を一本の県道《けんどう》が、まっすぐにつらぬいていました。

　県道といっても、今のアスファルト道路《どうろ》のように、立派《りっぱ》なものではなく、バラス（小石）で固《かた》めた土の道路でした。

　そのため、雨《あめ》が降《ふ》ると路面《ろめん》のあちこちに小さな水たまりが出来《でき》るのです。学校帰《がっこうがえ》りの子供《こども》たちは、親《おや》に叱《しか》られるのも忘《わす》れて、わざわざ、両足《りょうあし》で水をはねとばして、遊《あそ》びました。もちろん、私もその一人でした。

ある雨の日、ひとつの水たまりに、足をつっこもうとした私は、ぎょっとして、立ちすくみました。水たまりの前に、びっくりするほど大きなカマキリがいたのです。

道路の水たまりで死《し》んでいるカマキリならよく見ていました。たいてい黒《くろ》くて細長《ほそなが》い、ハリガネ虫と一緒《いっしょ》に並《なら》んで死んでいました。ところが、その大きなカマキリは、まるで自殺《じさつ》しようとしている人のように、水たまりに入っていくのです。

そいつは、だんだん水たまりの中に進《すす》みながら、あの大きな眼《め》で、ぎょろりと私を見上げました。そして、その眼は、なぜかひどく悲《かな》しそうでした。私は、わけもなく怖《こわ》くなって、一目散《いちもくさん》に家にとんで帰りました。

それから何日かが過ぎた日のことです。学校の帰りに、怖いもの見たさて、その水たまりを見に行きました。もちろん、予想《よそう》はしていましたが、水たまりには、あのカマキリの姿はなく、水たまりもバラスで埋《う》められてしまっていました。

あのカマキリは、なぜ水たまりに入ろうとしたんだろう？　でも、いくら考《かんが》えても分かりません。そして、分からないままに季節《きせつ》は秋口《あきぐち》になり、野原は虫たちの天国《てんごく》になっていました。シオカラトンボやオニヤンマに赤トンボに糸トンボらが、見事《みごと》な曲芸飛行《きょくげいひこう》をしています。そして、アブやミツバチたちが、ぶんぶん飛びまわって応援《おうえん》をしています。もちろん、下にいる虫たちも負《ま》けてはいません。キチキチバッタとコメツキバッタのジャンプの競争《きょうそう》、カタツムリと青虫《あおむし》の走《はし》りっこ、ミミズとオケラの穴掘《あなほ》り競争。そして、雑木林《ぞうきばやし》では、クマゼミ、アブラゼミ、ミンミンゼミ、チーチーゼミの鳴《な》き比《くら》べです。

そして、やがて、日が傾《かたむ》く頃になると、今度《こんど》は、夜の虫たちの出番《でばん》です。リーンリーンはスズムシ。チンチロリンはマツムシ。コロコロコロはコオロギ。チョンチョンチョンスイーッチョンはウマオイで、ガチャガチャガチャはクツワムシ。夜の虫たちの演奏会《えんそうかい》は、遅《おそ》くまで続き、やがて、みんな安《やす》らかな夢《ゆめ》の世界《せかい》に入るのでした。

そしてまた明るく楽《たの》しい朝がやってきます。こうして野原や雑木林の虫たちは幸《しあわ》せな毎日《まいにち》を送《おく》っていました。

ところが、その虫たちの天国に、突然《とつぜん》おそろしいことが起こったのです。

それは、ある日の夕方《ゆうがた》でした。その日も、いつものように、虫たちの音楽会《おんがくかい》が、始《はじ》まろうとしていました。そこに、突然、この野原では見たともない、目玉のぎょろりとした虫が現れたのです。野原の虫たちは、誰《だれ》も、その虫のことを知りませんでした。でも、人のいい野原の虫たちは、そのぎょろめの虫を友達《ともだち》として歓迎《かんげい》し、一緒《いっしょ》に音楽《おんがく》を楽しもうと思ったのでした。

「やあ、いらっしゃい。どちらからいらっしゃったのですか?」

「どうぞ一緒に音楽を楽しんでください」

野原の虫たちは、そのぎょろめの虫を、一番いい席《せき》に座《すわ》らせようとしました。まっさきに、クツワムシが、そのぎょろめの虫に近《ちか》づきました。

その時です。恐《おそ》ろしいことが起《お》こったのは。

「ぎゃあーっ!」

なんと、ぎょろめのその虫が、いきなり鋭《するど》い鎌《かま》のような前足《まえあし》をクツワムシの首《くび》にふりおろしたのです。クツワムシは、悲鳴を上げて、必死《ひっし》に逃《に》げようとしましたが、無駄《むだ》でした。ぎょろめのその虫は、鎌のような前足で、クツワムシを押《お》さえつけると、何ということでしょう、鋭《するど》い口でむしゃむしゃとクツワムシを食べはじめたのです。

「ワァーーッ！」

「キャーーッ！」

それを見て、悲鳴《ひめい》をあげる者、逃《に》げようとしてひっくり返《かえ》る者、目をまわす者、会場《かいじょう》は大混乱《だいこんらん》です。それでも、勇気《ゆうき》のある一匹《いっぴき》が叫《さけ》ぶように言いました。

「なんというひどいことをするんだ！　お前は誰《だれ》なんだ！」

すると、ぎょろめのその虫は、クツワムシを食べながら言いました。

「おれか？　おれはカマキリだ。分かったらそこで待ってろ。こいつを食い終わったらお前を食ってやるからな」

　カマキリの眼がギラリと光りました。途端《とたん》に虫たちは、われ先に逃げだしました。そして、平和《へいわ》な野原で、楽しく暮《く》らしていた虫たちは、その日から、毎日をカマキリに怯《おび》えながら暮らさなければならなくなったのでした。毎日誰かが、カマキリに捕《つか》まり、頭からガリガリかじられて死にました。

「とうとう、キチキチバッタさんが食べられてしまったそうだよ。それも子供をおんぶしたままだって言うじゃないか。むごい話だよ、まったく」

「あいつは、虫じゃないよ。悪魔《あくま》だよ。ところがさ、不思議《ふしぎ》なことに、あいつは蝶々《ちょうちょう》だけは決して殺《ころ》さないって話だよ」

「それ本当《ほんとう》よ。私は、この眼《め》で見たもの。あのおそろしいカマキリが、ひらひら舞《ま》ってる蝶々を、うっとり眺《なが》めているのを。それだけじゃないわ。あいつは、クモの巣《す》にかかった蝶々を助《たす》け出《だ》したんだよ。まかり間《ま》違《ちが》えば、自分が殺されるかも分かんないのにさ」

虫たちの言うのは、本当でした。虫さえ見つければ、生きたまま、ガリガリかじる残酷《ざんこく》な彼《かれ》も、美しく舞《ま》う蝶々の姿を見ると、なぜか胸《むね》の中に、お母さんに抱《だ》かれているような、やさしい気持ちが湧《わ》いてくるのでした。でも、蝶々が飛んで行ってしまうと、いつも決まって、照《て》れたように言うのでした。

「蝶々なんか、食ったってうまくねえだろうからな」

生まれた時から毎日《まいにち》、生きた虫を食べて来たカマキリは、命を奪《うば》われるものの恐ろしさも、そのまわりの者の悲《かな》しみも、まったく知《し》らずに、生きて来たのでした。

「おやっ？蝉《せみ》が鳴《な》いてやがる。あれは、アブラゼミだな。たまには、蝉でも食ってみるか」

蝶々のことはすぐに忘《わす》れて、カマキリは蝉の鳴いた雑木林の桜《さくら》の木に向かって飛んで行くと、アブラゼミの鳴いている枝《えだ》の後方《こうほう》にとまりました。そして、じりじりと近づくと、鎌になった前足を、ぱっとふりおろしました。が、瞬間《しゅんかん》、アブラゼミは、ジッと鳴いて飛び去《さ》ってしまいました。

「しまった。昼《ひる》めしを食いそこなった」

くやしそうに、アブラゼミを見送《みおく》ったカマキリは、その眼の先の小枝《こえだ》に、自分の姿によく似た形のものが、串刺《くしざ》しになって、ぶら下がっているのに気がつきました。

「なんだろう?」

それに近づいたカマキリは、そのぶら下がったものを見て、思わず、

「あっ」と叫びました。

「カマキリだ！　おれと同じカマキリだ！」

それは、モズという鳥が、小枝に突《つ》き刺《さ》していった仲間《なかま》のカマキリの無残《むざん》な死《し》がいだったのです。その無残な姿《すがた》を見て、彼は生まれてはじめて、死ということが、どんなに残酷でおそろしいことかを知ったのでした。

「おれは、こんな姿になりたくない！　いやだ！　死ぬのはいやだ！」

と、その時、何かの影《かげ》が、カマキリの上をさっと飛び過ぎました。

「やつだ！仲間を殺したのは」

本能的《ほんのうてき》にカマキリは木から飛《と》び下《お》りると、下のイバラの茂《しげ》みにもぐり込みました。カマキリを襲《おそ》ったのは、やはりモズでした。必死に、イバラの茂みのなかにもぐり込むカマキリを追《お》って、モズは、カマキリの後足《うしろあし》を一本食いちぎりました。それでも、カマキリは、必死に這《は》い続けました。

「死にたくない。殺されるのは厭《いや》だ」

カマキリは、死にもの狂《ぐる》いで、イバラの奥《おく》に逃《に》げこみました。そして、やっとあきらめたモズが飛《と》び去《さ》ってからも、おそろしさにふるえ続けていました。そして、それ以来《いらい》、カマキリは、野原の虫たちを見ても、どうしても鎌をふりあげることが出来なくなってしまったのです。それは、足を失《うしな》ったせいもありますが、もっと大きな原因《げんいん》は、今まで自分のしてきたことが、どんなに残酷で恐ろしいことだったかを身をもって体験《たいけん》したことだったのです。カマキリは、もう何も食べられなくなってしまいました。そして、日に日に、痩《や》せ細《ほそ》っていきました。野原の虫たちは、そんなカマキリをさえおそれて近づかず、ただ遠くから憎《にく》しみをこめた眼で見張《みは》っていました。

「みんな、おれの死ぬのを待《ま》っているんだ」

カマキリは這いずりながら、さまよい続け、疲《つか》れ果《は》てて倒《たお》れた眼の前に、道路《どうろ》に出来た水たまりがありました。

「もうおしまいにしよう」

カマキリが、よろめきながら、水たまりに入ろうとした時です。不意《ふい》に虹色《にじいろ》の光《ひかり》がふりそそいで、真《ま》っ白《しろ》な大きな蝶々が、カマキリの前に舞い降りてきました。真っ白な翅《はね》は虹色の光を受けて美しく輝《かがや》き、カマキリをやさしく包《つつ》み込みました。まるで、お母さんに抱《だ》かれているようなあたたかい光でした。

「あなたは、命《いのち》の大切《たいせつ》さを知りました。だから、自分の命も大切にして生きなければなりません」

「でも私は、生きていくためには、たくさんの虫を殺さなければなりません。私には、もうそんな恐ろしいことは出来ません」

「だから私は、あなたを迎《むか》えに来たのです。さあ、私と一緒にいらっしゃい」

真っ白な、大きな蝶が舞い上がりました。カマキリも、引き寄せられるように、必死の力をふりしぼって、蝶々について行きました。

蝶々とカマキリが着いた所は、色とりどりの花が咲き乱れている美しい花園《はなぞの》でした。そうです。カマキリは、不思議な蝶々から花の蜜《みつ》を吸《す》って生きることを教《おし》えられたのです。もしあなたが、どこかで、花の蜜を吸っているやさしいカマキリを見かけたら、それはきっと、このお話のカマキリだと思います。

あとがき

子どもが幼かった頃、私の妻は、本屋で買い求めてきた絵本や童話の本を、放送の仕事（女優）で、どんなに疲れて帰ってきても、毎晩、子どもが眠りにつくまで読んでやっていました。

こう言いますと、放送作家の妻たる者が、何も高いお金を払って絵本や童話の本を買ってこなくても、夫が毎日のように書いている、放送用の童話や物語を読んでやればいいのに、と不審に思われるかも知れませんが、放送台本というものは、放送用のテープが出来上がれば、即御用ずみで、ポイと屑籠入りになるのです。私は、そんなドライな習慣が身についてしまって、五十年も放送作家をしていながら、作品はほとんど残しませんでした。

ところが、年をとったせいでしょうか、最近不意に、その昔、妻が毎晩子どものために童話を読んでやっていたことを思い出し、お母さんとお子さんのための童話を書いてみたくなったのです。

その童話は、読み手のお母さんが、読みながら涙ぐむところでお子さんも涙ぐみ、お母さんが笑うところでお子さんもいっしょに笑う。そういうのを書きたいと思い、ひからびた脳味噌をふりしぼって書きあげたものです。

お母様方の審判を、つつしんでお受けいたします。

出版にあたりましては、風媒社の稲垣喜代志さん、劉永昇さん、日本放送作家協会の芳賀倫子さんのお力をいただきました。皆様に深く感謝申し上げます。

二〇一一年七月

旗ひさし

旗　ひさし

放送作家。
昭和二十九年、放送用台本の執筆活動を開始。放送作家生活五十五年。
昭和三十五年、社団法人日本放送作家協会・中部支部創設メンバーとなる。
ＮＨＫラジオ　「ピッポピッポボンボン」（金・土）構成担当十三年。「お話出てこい」（金・土）創作・脚色担当十数年（現在も再放送中）。世界名作物語脚色・物語創作・ドキュメンタリー多数。
ＮＨＫテレビ　「中学生日記」。ドキュメンタリー。
中部日本放送　ラジオドラマ四十数本。娯楽番組、子ども番組、ドキュメンタリー、ディスクジョッキー台本、名古屋弁講談など約二千五百本（一部、税所四郎のペンネーム使用）。
東海テレビ　ドラマ。
東海ラジオ　ドラマなど約二十本。
戯曲　「基地のある村」「黒い土」「小さな組合旗」「伝説十五の森」「テレスコだけが泳いでいる」（テアトロに発表）。他に子ども向け劇作多数。放送用台本も含めて合計、三千～四千本の台本を執筆。その間、民放祭連盟賞、ＡＣＣ個人賞受賞。

郵便はがき

460-8790

料金受取人払郵便

名古屋中支店
承認

6438

差出有効期限
平成25年1月
14日まで

上記の期間経
過後はお手数
ですが切手を
お貼り下さい。

352

名古屋市
中区上前津二-九-十四
久野ビル

風媒社
編集部 行

＊このはがきを小社刊行書のご注文にご利用ください。より早く確実に入手できます。（送料無料）

購入申込書

（書名）	（部数）	部
（書名）	（部数）	部

ご氏名

ご住所　（〒　　　　　）

お電話番号

E-mail

風媒社愛読者カード

書　名

本書に対するご感想、今後の出版物についての企画等ご自由にお書き下さい

お名前《ふりがな》　（　　　歳）ご職業

ご住所（〒　　　　　　　）

お求めの書店名	
本書を何で お知りに なりましたか ○印を付けて下さい	①書店で見て　②知人にすすめられて ③書評を見て（新聞・雑誌名　　　） ④広告を見て（新聞・雑誌名　　　） ⑤その他（　　　）
ご購読新聞・雑誌名	

＊図書目録の送付希望　□はい　□いいえ
＊このカードを送ったことが　□ある　□ない

装幀◎三矢　千穂

にんじんごはん　お母さんに読んでほしい童話

2011年8月20日　第1刷発行　（定価はカバーに表示してあります）

著　者　　旗　ひさし

発行者　　山口　　章

発行所　名古屋市中区上前津 2-9-14　久野ビル
振替 00880-5-5616　電話 052-331-0008
http://www.fubaisha.com/
風媒社

乱丁・落丁本はお取り替えいたします。　＊印刷・製本／安藤印刷

ISBN978-4-8331-5231-0